セイルといっしょ

おしゃべり森《もり》にゃあ！

作・長崎夏海　絵・小倉まさみ

新日本出版社

1．おしゃべり

「もりやま　あささん！」

せんせいが、ピリッとした　こえを　だした。

「じゅぎょうちゅうは　おしゃべりしない！」

「はいっ」

あさひは、げんきよく　こたえた。

きょうは、三《さん》かいめの　ちゅうい。だけど　あんまり　はんせいしていない。

だって、きょうかしょの　さしえの　ばらの　はなを　かぞえたら、三十六《さんじゅうろっ》こも　あったんだもん。びっくりしたから、ららちゃんの　せなかを　つんつんして　おしえてあげたんだ。

ばらの　はなの　かずを　しっているのって、ららちゃんと　あさひだけかも。そう　おもうと、ちょっと　えばりた

い　きぶん。
そうだよね？　って　いいたくて、また　ららちゃんの
せなかを　つんつんしたけど、ららちゃんは　ふりむかなか
った。

せなかが　ちょっと　しょんぼりしている。
せんせいに　ちゅういされたからかも。
そういえば、みぎどなりの　まつおくんも　そうだった。
かまきりの　しゃしんで　わらいあっていたのに、ちゅうい
されたとたん　うつむいちゃった。
ひだりどなりの　リョウも、ちゅういされたら「ちぇ」
って　口《くち》を　とがらせて、ふきげんになった。
リョウに　はなしてたのは、あさひの　めざましどけいの
こと。

あたらしい　ときは、リンリンって　なったのに、いまは
なぜだか　ジャンジャンって　なる。すごく　おおきな　おと。
すぐに　とめないと、ジャンジャン　なりながら　ガタガタ　ゆれて　たおれちゃうんだ。
リョウの　もっているのは、すきな　やきゅうせんしゅの
めざましどけい。じかんに　なると、カキーンって　ボールを　うつ　おとと、おはようって　いう　こえが　ながれるんだって。

カキーン
おはよう

リョウは、すごく　うれしそうに　しゃべってくれたんだけどな。
ちゅういされるのって、そんなに　いやなのかなあ。
それとも　おしゃべりが　わるいことなのかな。
おしゃべりしながら　べんきょうしたって　いいと　おもうんだけど。
ららちゃんは、どう　かんがえているのかな。
かえりみちで、じっくり　きいてみよう。

2. バレエきょうしつ

それなのに、ららちゃんは、さきに　かえってしまった。
そっか。
きょうは　すいようび。
ららちゃんは、バレエの　ひだ。いそいで　かえらないとまにあわないんだって。
はなしをするのは　あしただね。
あさひは、セイルの　ふたを　しめた。
セイルは、ランドセルの　なまえ。あさひだけの　よびなだ。
セイルの　ふたの　カギが、カシャッと　おとを　たててしまる。
このおと、すき。セイルが　おしゃべりしている　みたいなんだもん。

セイルを　しょって、あるきだす。

「きょうは、どこ　いこうか」

すいようびは、セイルと　よりみちして　かえるんだ。しょうてんがいの　おはなやさんに　いこうかな。せいたかのっぽの　おにいさんが　いて、はなの　なまえを　おしえてくれる。

それとも　じてんしゃやさんが　いいかな。パンクを　なおす　ところが　みられるかも。

じんじゃで、はとと　あそぶのも　いいなあ。

かんがえながら　かどを　まがったら、でんしんばしらの
ところに　クレーンを　のせた　トラックが　とまっていた。
クレーンに　ついた　大《おお》きな　カゴみたいな　ものに、ヘル
メットを　かぶった　おじさんが　のっている。

カゴが　ぐいーんと　たかく　あがって、でんせんと　おなじぐらいの　たかさになった。

でんせんの　つなわたり？　まさか　まさか。

じゃあ、なにが　はじまるの？

わくわくしながら　みあげていたら、くるまの　よこにいた　おじさんに、「あぶないから　むこう　いってて」って　いわれちゃった。

ざんねーん。

むこうから、しらない　おねえさんが　はしってきて　とおりすぎた。

おけいこバッグを、かたから　かけていた。なんの　おけいこかな。ピアノかな。バレエかな。

あっ、いいこと　おもいついた。ららちゃんの　バレエきょうしつに　いってみよう！

せなかの　セイルが、そうだ　そうだって　いうように　ゆれた。


あさひは、スキップを　しながら　えきに　むかった。

きょうしつは、えきの　そばの　ビルの　二《に》かい。ガラスばりの　ろうかから　なかが　みえる。
いた！　ららちゃんだ。

ららちゃんは、ももいろの　レオタード。こしの　ところに　フリルが　ついていて、ららちゃんが　うごくたんびに　ひらひら　ゆれた。

ららちゃんは、こんどの　はっぴょうかいで、森《もり》の　ようせいの　おどりを　おどるって　いっていた。森《もり》に　さく　おはなの　ようせいじゃないかなと　あさひは　おもった。

おはなの　ららちゃんの　まわりには、ちょうちょや　ことりが　あつまってきて　みんなで　うたって　おどる。きっと　そうだ。

おおきい　おねえさんたちは　くろい　レオタードで、くるくる　まわったり　トントーンと　とんだりして、カモシカみたい。

とんだ　あとは、むねを　はって　かたてを　あげて、ポーズ。かっこいい！

ガラスごしに、ちいさく　おんがくが　きこえてくる。それなのに、すごく　しずかな　かんじ。

しずかな　なかで　おどっている　みんなって、とってもすてき。

あさひは　ふわふわっと　した　きもちで、きょうしつを
はなれた。

3．ふゆの　いいとこ

かぜが　すうっと　とおりすぎた。くびが　ひやっと　して、むねが　なんだか　つんと　なる。

そらを　みあげたら、まっしろい　くもが　うすく　ひろがっていた。

「つばさだあ」

くもは、とりの　つばさみたい。くもで　できた　とりは、どこに　とんでいくんだろう。

いちょうの　はっぱが、きいろく　なっている。まっきいろに　なって　ちりはじめたら、すぐに　ふゆに　なる。

あさひは、ふゆは　あんまり　すきじゃない。からだがちぢこまっちゃう　かんじが　する。あつくて　たおれそうでも　なつのほうが　いい。

ふゆの　いいとこなんて　あるのかな。

あった！
ふわふわの　セーターが　きられる。マフラーと、てぶくろも　つけられる。
あとは。
そうだ、トンじるが　あった！
ぶたにくと　やさいが　たっぷり　はいった　トンじるだ。やさいは、たまねぎと　にんじんと　ごぼうと　さといもがいい。
さむーい　ひに　あったかーい　トンじるを　たべると、

からだの　なかから　しあわせになる。
おでんも　すき。はんぺんと、ちくわと、じゃがいもと、
たまご。はふはふしながら　たべる。

おでんの　おつゆはね、つぎの　ひに　カレーを　いれて
カレーうどんに　してもらうんだ。
かんがえていたら、おなかが　すいてきた。
はやく　かえって　おやつ　たべなきゃ。
とっとっとと、はしりだす。
「おやつ　おやつ、きょうの　おやつは　なんだろう。もしかして　まんまる　メロンパン？　もしかして　ぷるぷるプリン？　ふかした　おいもも　うれしいな♪」
でたらめうたを　うたいながら、スキップ。

「あ！」

あきちの　まえで　ストップ。ねこが　たくさん　いる。いえと　いえの　あいだの　ちいさな　あきち。かれかかった　くさの　うえに　ほこっと　ひが　あたっている。

あさひは、しのびあしで　ちかづいてみた。ねこが　一《いち》、二《に》、三《さん》、四《よん》……、十《じっ》ぴき　いる。ねこの　しゅうかいだ。

4. わいわい　がやがや

ねこたちは　だまったまま、じいっと　すわっていた。
そうっと　はじっこの　いしに　こしかける。
ねこたちは　みむきもしない。
いっしょに　すわっていると、あさひも　ねこの　一《いっ》ぴき

に　なれた　きぶん。

おとを　たてないように　セイルを　せなかから　おろして　だきかかえる。せなかに　おひさまが　あたって　ぽかぽかする。

セイルに　あごを　のせて　めを　とじる。
ふんわり　うとーっと、ねむくなる。
しずかーで、あったかくて　きもちが　いいにゃあ……。
ん？　にゃあ？
あわてて　ぱっと　めを　あける。
むかいがわに　いる　ねこが、あさひを　みて　ついと
めを　そらした。
「にゃあ」って　いったのは、じぶんかな。それとも　あの
ねこかな。

ぎゅっと　めを　つぶって、ぱっと　あける。

あれ？　いま、むかいの　ねこ、にゃっと　しなかった？

ぎゅっ、ぱっ。

ぎゅっ、ぱっ。

「しみずさんちに、こねこが　うまれたって」

あたまの　なかに　こえが　きこえてきた。

「しみずさんちなら、ちゃんと　めんどう　みてもらえるな」

「さんかくやねの　いえ、『ネコじゃあね』が　まいてあったよ」

「えー、あそこの　しばふは、ねごこちが　よかったのに」

「『ネコじゃあね』って　くさいだけで、がいは　ないって。

ぴょんと　とびこえれば　いいよ」

わいわい　がやがや。
さっきの　しずけさが　うそみたい。
これって、ねこの　おしゃべり？
ぐるりと　ねこたちを　みる。
だけど、みんな　くちを　とじて、じっとしている。ねこ
って、くちを　とじたまま　しゃべるのかな。あっ、きっと
テレパシーだ。
「はい、どうぞ」
となりの　ぶちねこが、あさひを　みた。

「あんたの　おしゃべりの　ばん」

あんたって、あたし？　びっくりして　ぶちねこを　みる。

「みんなの　やくに　たつ、ごきんじょじょうほう、ない？」

「なんでも　いいのよ」

と、ぶちねこの　となりの　びじんねこが　いったら、あっちからも　こっちからも　こえが　きこえてきた。

「まいにちの　ふまんとか」

「たべたい　ものとか、いきたい　ところとか」

いきたい　とこ？　ええと……。
うみ、は　もう　さむいし。
森《もり》、かな。

うん　そうだ。森《もり》だ。

「あら　すてき、森《もり》ですって」

「森《もり》だってさ」

「森《もり》！」

なんにも　いっていないのに、ねこたちには　つうじちゃった。テレパシーだ！

5. おんがくかい

「森《もり》って、どんな　森《もり》？」
びじんねこから　しつもん。
どんな　森《もり》かなあ。
めを　とじて、森《もり》を　そうぞうする。

おおきな　きが　たくさん　あって、しっとりとしている。
はっぱの　あいだから　ひざしが　ふりそそいでいて、ちらちら　ひかりの　もようを　つくっている。
いろんな　どうぶつや　とりが　いて、ららちゃんみたいな　森《もり》の　ようせいたちも　いる。
くうきは　とうめいで、ふかく　いきを　すうと、からだが　みどりいろに　なっていくみたい。
あ。ほら、すこーし　ゆびさきの　色《いろ》が　かわってきたよ。
セイルにも、くるくるくると　つるが　はってきた！　つ

たから　はっぱが　ぽんぽん　ひらいて、あっというまに
はっぱだらけ。
セイル、森《もり》の　いちぶみたい。
ね？　すごいでしょ。
セイルを　ぐうんと　もちあげて、ねこたちに　みせる。
あれ？
いつのまにか　目《め》の　まえは　森《もり》に　なっている。
セイルを　せおって、あたりを　みわたす。
わお！

ほんものの　森《もり》だ。
とびあがったら、ぼこーんと　たかく　とべた。トランポリンが　あるみたい。
ぽんぽんぽん　はねてみる。
むささびと　いっしょに、ぽぽーんぽぽーん。
カモシカと　いっしょに、ぽぽぽーんぽーん。
どこかから　おんがくが　きこえてきた。
バイオリン？　あ、タンバリンの　おとも　する。
おとの　するほうに　ぽぽーんと　とんでみる。

おんがくかいだ！
きの　ねもとにも　えだにも　ようせいが　いて、いろんな　がっきを　ひいている。
みんな　かってに　ひいて　いるようだけど、ひとつの　きょくにも　きこえる。
わいわい　がやがや　るりるらるん。
おとの　おしゃべりだ。
じめんでは、うさぎと　リスが　ダンス。
あさひも　いっしょに　ダンス。

ららちゃんが　やっていた　みたいに、くるんと　まわって　みる。
くるくるくるくる。
なんかいでも　まわれちゃう。
そのあとは、ポーズ。
つまさきだちで、ては　むねの　まえ。きの　あいだから　みえる　そらを　みつめる。
それから　おおきく　てを　まわして、アラベスク。うーん、きまった！

「あ、そっか」
わかっちゃった。バレエって、からだぜんぶで　おしゃべりしてるんだ。
はっぴっぴいーって　トトーンと　とんで、うれしいなって　くるくるっ。
つぎは、ジャンプして　くうちゅうかいてん！　そらと森《もり》が　ぐるっと　まわる。
セイルが、カタコト　うごいて　なにか　いっている。
せなかから　おろして　びっくり。

はっぱを　まとった　セイルは、ぽんぽこりんに　ふくれあがっている。

なにか　いいたいことが　あるみたい。

あわてて　かぎを　あけると、パーンと　ふたが　ひらいた。

中《なか》から　はじけて　とびだしたのは、おんぷ！

セイルも、うたいたかったんだね！

おんぷは　あちこちに　ちらばって、とびはねている。あさひも　いっしょに、とびはねる。

「！」

あさひは、どきっとして　うごきを　とめる。

あれは、トトちゃん？

まちがいない。セイルの　おんぷの　うえに　いるのは、トトちゃんだ。

トトちゃんは、あさひが　ようちえんの　ときに　らくが

きちょうに　かいた　ことり。すごく　きにいって、なんども　かいた。
トトちゃんは、ワンワン　ほえる　おっかない　いぬのまえを　とおる　ときも、かあさんに　しかられた　ときも、ねえさんと　けんかした　ときも、いつも　そばに　いてくれた。
なのに　いつのまにか　わすれちゃっていた。
トトちゃんと　めが　あった。
「トトちゃん！」

6．トトちゃん

あさひは　さけんだ。
くるくる　ひゅう。
あらら。
あさひと　セイルは、また　もとの　あきちに　もどっていた。
ねこたちの　かずは、はんぶんぐらいに　なっていた。うとうと　ねむっていたり、かりかり　からだを　かいたり、けづくろいしたり　している。

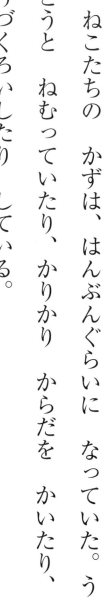

もう　おしゃべりは　きこえない。

あさひは、セイルの　ふたを　あけてみた。きょうかしょと　ノートと、あ、トトちゃん？

すみっこの　ほうに　ちっちゃくなって　かくれていた。

あさひは　わすれていたけど、もしかしたら、トトちゃんは　ずっと　いっしょに　いたのかも。だって　セイルと　なかよしだったし。あさひが　きが　つかなかっただけなのかもしれない。

えへへ。でも、もう　きが　ついちゃった。

「あさひ！」

おおきな　こえに、はっと　なる。ねえさんの　こえだ。

ねこたちが　ぱあっと　はしって　いなくなった。

「なに　やってんの？」

「ええっとお」

ひとことじゃ　こたえられない。

「おおきな　どらねこだなあって　みたら、あさひなんだもん。びっくりしちゃった」

「あのね、森《もり》で　バレエ　おどってた」

「ええ？」

「それから、くうちゅうかいてんも　やった。トランポリンなしでだよ」

「なにそれ」

「ねこはね、くちを　むすんだまま　テレパシーで　しゃべるんだよ。それから　森《もり》では、おとで　おしゃべりして、おんがくかいを　やるんだよ」

「……」

「ららちゃんは、バレエの　はっぴょうかいで　森《もり》の　ようせいを　おどるんだよ。

バレエもね、からだで　おしゃべりするんだよ。ゆびさきとか、あしとか　ぜんぶ　つかうの。あー　いっぱい　あそ

んだら　おなか　すいちゃったよ」

「どうでも　いいけどさあ」

ねえさんは、ぱしぱしと　まばたきを　した。

「あさひって、ほんと　よく　しゃべるよねえ」

「うん！」

あさひは　むねを　はる。

「おしゃべりって、たのしいもん！」

そうだ、あしたは　ららちゃんに　きょうの　こと　おし
えなくっちゃ。しゃべりたい　こと、いっぱい　ある。

セイルの　かたベルトを　きゅっと　にぎる。
セイルは、くすっと　わらったみたい。なかで　コトンと
おとが　したのは、きっと　トトちゃんだ。

作・**長崎夏海**（ながさきなつみ）
一九六一年東京に生まれる。『トゥインクル』（小峰書店）で日本児童文学者協会賞、『クリオネのしっぽ』（講談社）で坪田譲治文学賞受賞。その他の作品に『星空ぎゅいーん』『どうくつたんけんゴー！』『おなかがギュルン』『れいとうロボット』（新日本出版社）、『ライム』（雲母書房）等がある。鹿児島県沖永良部島在住。

絵・**小倉まさみ**（おぐらまさみ）
一九五七年千葉県生まれ。日本大学芸術学部美術学科卒業。グラフィックデザイナーを経て、フリーのイラストレーターに。児童書、絵本を中心に広告、装画、挿絵、パッケージ、ＴＶ等で幅広く活躍。子どもの本の仕事に『星空ぎゅいーん』『どうくつたんけんゴー！』（新日本出版社）、「パパとミッポ」シリーズ（岩崎書店）他多数。

913　長崎夏海・小倉まさみ
おしゃべり森にゃあ！
新日本出版社
70 P　22cm
セイルといっしょ

セイルといっしょ
おしゃべり森《もり》にゃあ！

2015年11月10日　初　版

作　者　長崎夏海　　画　家　小倉まさみ
発行者　田所　稔
発行所　株式会社　新日本出版社
〒151-0051　東京都渋谷区千駄ヶ谷4-25-6
TEL　営業03（3243）8402　編集03（3423）9323
info@shinnihon-net.co.jp　www.shinnihon-net.co.jp
振　替 00130-0-13681
印　刷　光陽メディア　製　本　小高製本

ISBN978-4-406-05946-6　C8393　Printed in Japan